"Nuestro destino es lo eterno pero solo es eterno el olvido. Es por lo tanto el único destino posible"

UN PASEO
CON MÍ
PRINCESA

NESTOR COSCOJUELA BURBALLA

Y
DESCONCIERTOS

UN PASEO CON MI PRINCESA

LA MAÑANA.

Corazón y poesía.

AMANECE

Amanece.
Te he conocido. Ya termina la noche.

Mi alma se viste de colores como el cielo al salir el sol.
Te reconozco como el día a la luz que le dará vida.

Hace algún tiempo toda la luz del mundo se hallaba en los ojos de una mujer...y los ojos se cerraron.
¿Qué podía esperar del alba?

Pero apareciste tú, princesa, y me enseñaste que la belleza existe, que existirá siempre, que nada puede matarla.
Es tan bonito saberlo. Me diste un motivo eterno para vivir.

Amanece.

Te he conocido.

Al desviar la mirada de la ventana, como el sol surge entre las nubes de algodón, veo que emerges desnuda entre las sábanas blancas, y al lanzar un beso al alba, mejilla rosada, miles de rayos estallan en tu mirada, alumbrando, anunciando, iluminando el mundo, un nuevo mundo, mi mundo.

Y todas las cosas, con tu reflejo en ellas,

Me dicen… que el sol ya despertó.

ESTAR ENAMORADO

Un niño se halla en una habitación de una gran mansión, a oscuras. La oscuridad le da miedo. Se siente en medio del vacío, en el centro exacto de la nada; esto le aterra. Entonces echa a correr llorando. En el pasillo encuentra a una tía suya. Esta le abraza tratando de consolarle. Pero no lo consigue. Es una tía. Las tías son las hermanas de la madre y el abrazo de éstas no consuela al niño. Tiene que ser la madre.

Sigue corriendo y finalmente encuentra a su madre. Cuando ésta lo abraza el niño automáticamente deja de llorar.

¿Por qué?

Porque en brazos de su madre el niño no tiene miedo. Es el único lugar donde no siente miedo, donde puede ser feliz.

Si no existiera la muerte, princesa, no existiría el amor, ni el sexo, ni la religión, ni otras muchas cosas.

- ¿Piensas entonces que el amor es una mentira? – Me preguntas.

Yo voy buscando la verdad guiado por la belleza. Sé que las mentiras son feas. Por eso sé que cuando una mentira es hermosa, existe tras ella una profunda verdad.

- ¿Qué verdad me esconde el amor?

UNA FLOR CORTADA

Mira el parque y el cielo. Azul, amarillo y verde. Te has acercado y en tu pelo llevas una flor.

- ¿Te gusta mi flor?- Me has preguntado-. La he cogido en aquella ladera.

- Para nada.

Me has mirado con esa expresión enfadada, tan hermosa que tienes. Muchas veces te provoco porque te pones muy bonita cuando te contrarío. Pero esta vez no ha sido por eso. En realidad no me gusta esa flor.

- ¿Porqué no te gusta?

El hombre en su afán ingenuo y loco de poseer la belleza la destruye.

Piensa en alguien que te invita a su casa y te dice:

-Mira mi pájaro.

Y ves un pájaro, de mil colores, superhermoso... encerrado en una jaula.

-Mira mis peces.

Y ves un montón de peces, de mil colores, super

hermosos... encerrados en una pecera.

- Mira mis mariposas.

Y ves cien mariposas, de mil colores, super hermosas... disecadas.

-Mira mis flores.

Y ves un ramo de flores, de mil colores, super hermosas... cortadas en un jarrón, a punto de marchitarse.

-Mira mi mujer, mira mi hija, mira mi planeta.

¿Qué ves?

Ese "mí" posesivo es asesino.

Lo vivo es vivo porque es libre. Lleva un azar dentro, esa es la raíz de su belleza. El amor empuja a querer poseer. Por lo tanto el amor mata.

- La maté porque era mía - se dirá.

Exacto, porque era tuya la mataste.

Todo hombre acaba destruyendo aquello que más ama.

Debemos cambiar el lenguaje. Los adjetivos y pronombres posesivos no pueden hacer referencia a seres vivos.

Piensas que es muy abstracto lo que te digo, pero no es así.

Cuántas mujeres, por ejemplo, no quisieran decir a su marido:

-Ese sentido de posesión que tienes de mí me

destroza. Tu deseo de controlarme, tu deseo de dominarme, tus celos permanentes.

Incluso en un caso exagerado un hombre puede llegar a su casa y encontrar a su mujer con otro. Dirá:

-Es mía, no puede ser de otro - y la matará por ser suya.

¿Cuántos hijos no desearían decirles a sus padres?

"El sentido de la posesión que tenéis de mí me destroza. Vuestro deseo de controlarme, de meteros en mi vida"

"El odio de las madres a la mujer que le roba a su hijo"

Si analizáramos la destrucción que el hombre hace de la naturaleza, veríamos que detrás de ella, se esconde el sentido de posesión, el sentir que somos los amos de la tierra.

Y detrás de ese sentido de posesión se encuentra el amor. El hombre ama a su mujer, la madre a su hijo, amamos la Naturaleza. El amor empuja a querer poseer. Pero:

¿Qué queremos poseer movidos por el amor?
La belleza de lo amado.

Y lo más triste es que ese afán loco de poseer la belleza es vano e inútil, porque aunque cortes una flor, no tendrás su color.

DE CÓMO CONSEGUIR UNA ESTRELLA

Cuando era niño y aprendía a ir en bici siempre miraba a la rueda delantera. El profesor me decía que mirase lejos y que de ese modo era muy fácil ir en bici.

Cuando aprendía a ir en coche siempre miraba el ''morro'' del vehículo.

El profesor me decía que mirase lejos y que así era muy fácil conducir.

Cuando aprendía a ir en piragua siempre miraba la punta de la piragua, no paraba de dar vueltas al mismo sitio, y el profesor me decía que eligiera un punto del horizonte y que fuera hacia él. La piragua iba recta y era muy fácil avanzar.

Cuando aprendía a jugar al ajedrez nunca sabía qué hacer y el profesor me decía que debía tener un plan, una estrategia, así ganaría.

Hay hombres, listos, hombres-rata que ven muy

bien de cerca, apenas tropiezan, pero no ven bien de lejos: nunca irán a ningún sitio.

En cambio hay hombres que de cerca ven muy mal, son torpes en la tierra, siempre están tropezando, pero distinguen un objeto a miles de Kms. Estos, inteligentes, hombres-cisne, vuelan alto y con sangre y sudor llegan lejos.

Dices que la vida no te ayuda, que no es buena contigo: Nunca soplan vientos favorables para el barco que no tiene rumbo.

Debes mirar lejos.
Avanzarás cuanto de lejos seas capaz de mirar.

Elige una estrella, será tuya.

ENCONTRAR A UN HOMBRE

Los hombres somos casas habitadas. Mi cuerpo es mi casa y yo soy quien la habita.

Llegarás en invierno, cansada, a un pueblo fantasma, y buscarás una casa donde alojarte. Todas las puertas y ventanas estarán cerradas, y no verás un alma.

Te sentirás sola.

Llamarás primero a la casa más bonita del pueblo y nadie te abrirá.

Llamarás después a las casas de fachada más hermosa, de fachada más lujosa, creyendo que esas son donde mejor te encontrarás. Pero seguramente descubrirás que suelen estar habitadas, solamente, por perros y ratas, y pronto querrás marchar de ellas.

Seguirás llamando a otras casas y no hallarás un buen lugar donde quedarte.

Llegará el atardecer, y vencida, decidirás marchar del pueblo. Caminarás sola, bajo una lluvia fina, cansada y sedienta.

Pero al salir del pueblo, tras una curva del

camino, divisarás un hermoso bosque. En él verás una pequeña cabaña, solitaria y pobre. Llamarás a la puerta para pedir un vaso de agua, y te abrirá un viejecito, que muy amablemente te invitará a pasar.

Estarás sentada en una mecedora, al lado del fuego, escuchándole contar mil historias mientras fuma su vieja pipa.

Y mirarás la cabaña y pensarás:

Parece encantada, parece salida de un cuento, aquí no existe el tiempo, aquí no existe el miedo, aquí me encuentro bien, aquí quiero quedarme.

...Y te quedarás dormida.

CORAZON SALVAJE

- Voy a contarte una historia. Es la historia de un caballo.

Nació en cautividad en una casa de campo. Fue creciendo y desde muy pronto dio muestras de su carácter rebelde. Al principio no le dieron importancia.

Cuando fue mayor, intentaron domarlo, para poder montarlo. Sin embargo, cada vez que lo intentaban, el caballo acababa derribando a aquél que lo montaba. Hacía daño a aquellos que querían domarlo. Entonces le pegaban con un látigo.

Había en la casa una niña, la hija del amo, que amaba al caballo. Cuando le pegaban ella curaba sus heridas. Ella lo defendía. El caballo la obedecía. En realidad ella era la única que parecía capaz de domarlo. Lo montaba y él no la derribaba.

Una tarde iba montada en él, paseando por el bosque. Ella nunca llegaría a comprender porqué el caballo inició el galope y echó a correr. Ella nunca llegaría a comprender porqué la derribó. Nunca comprendería porqué le golpeó con sus patas y la mató. El caballo se fue galopando solo hacia la montaña.

Cuando el padre de la niña vio lo que el caballo había hecho con ella, se le hinchó el corazón de odio. La enterró y organizó una cacería.

Veinte cazadores vestidos de blanco subieron a la montaña, armados con rifles, en busca del caballo. Al fin lo vieron corriendo por el prado, y empezaron a disparar.

Como no pudieron domarlo lo mataron... Dejaron su cuerpo para que sirviera de alimento a los animales de la montaña.

Los pájaros comían de su corazón y echaban a volar, elevándose, pareciendo... cruces en el cielo.

LA LLUVIA

Polvo serás, más polvo enamorado.

Hemos paseado por la montaña pero se ha puesto a llover. Encontramos esta pequeña cueva y me siento muy bien sintiendo en mi mejilla tu pelo mojado. Mira el valle, los árboles, la hierba, las flores, besados por esta lluvia fina.

Cuando llueve, princesa, las gotas de agua caen y besan la tierra, murmurándole: Nosotras somos tus hijas que regresamos del cielo para estar contigo.

Cuando veo el agua siento dentro de mí un eco que me hace pensar en el alma. La tierra es metáfora del cuerpo. El contacto entre el agua y la tierra es el contacto entre el alma y el cuerpo, playa y mar, caricia y beso. Los besos son del alma al cuerpo. De ese contacto surge el sentimiento: la única materia del ser.

Reencarnación. En estas tierras donde creciste, el hombre desprecia a su cuerpo. Lo considera el culpable de su sufrimiento. De él se sirve el demonio para intentar llevarlo al infierno. Cuando morimos, el alma se va al cielo, y el cuerpo queda aquí pudriéndose. No creo en esa traición. Mira cómo llueve, y verás como el alma regresa del cielo, y acaricia a su cuerpo madre, porque no puede abandonarlo.

Toda la tierra es tierra mojada. Barro. Todo produce ruido y cuando los sonidos se ordenan surge la música, portadora de sentimientos. El cerebro es la guitarra y el alma la música.

La lluvia es un acto de amor. Antiguas civilizaciones así lo creían.

Consideraban la lluvia como un acto de amor entre el Dios Padre y la Madre Tierra. Incluso en épocas de sequía organizaban orgías para estimular la lluvia.

¿Por qué creían esto?

En cierto modo por lo que anteriormente te he explicado. Las metáforas son tan eternas como el hombre. Pero también lo creían porque la lluvia preña la tierra, como un hombre a una mujer. Las tierras en las que no llueve son estériles. De ellas no sale ningún fruto. En cambio en las tierras que llueve, brota la vida, como sucede en el vientre de una mujer cuando recibe el esperma del hombre. Por otro lado la lluvia va acompañada de rayos y truenos, de una carga eléctrica, como sucede en el acto sexual.

Verás princesa que hay muchos tipos de lluvia. Están las lluvias apasionadas de Agosto, cargadas de aparato eléctrico y acompañado de truenos. Lluvias torrenciales, poderosas y rápidas. Están las lluvias románticas de Abril, lluvias finas, delicadas, interminables. Están las nieves de Enero que queman la tierra con su frío.

La lluvia es una reencarnación y es un acto de amor. Por lo tanto el acto de amor es una reencarnación. Cuando un hombre hace el amor se reencarna de algún modo en su hijo. Sus genes, que tienen el programa inicial de su alma, pasan a otro cuerpo: el de su hijo.

El alma es hija del cuerpo, como las gotas de lluvia son hijas de la tierra. La lluvia es un acto de amor hacia la madre, reencarnarse es volver a nacer, un querer volver al sitio de donde salimos: una huída.

Cuando termine de llover princesa...llegará la muerte.

LA TARDE.

Razón y metafísica cuántica.

SISTEMAS ESTABLES

Mira a nuestro alrededor, todo está en orden. El Sol, los árboles, las flores... nosotros dos.

Los sistemas ordenados que existen son estables.

¿Qué significa estable?

Estable significa que puede estar. Está lo estable, existe lo existible. Podemos preguntarnos cuándo algo es existible y cuándo no. Hay formas que no pueden existir durante mucho tiempo. Imagina un sistema con dos elementos A y B.A engendra a B y B destruye a A. Esto no puede existir. Es el caso del fuego. La madera engendra al fuego y el fuego destruye a la madera. No puede durar mucho. El hombre produce la guerra y la guerra destruye al hombre. No son éstas formas estables.

-¿Qué cualidad ha de tener lo estable?

Un sistema tiene una forma. Si el sistema permanece, quiere esto decir que la forma permanece.

¿Qué cualidad ha de tener la forma para permanecer?

El ser estable quiere decir, que cuando es deformado aparecerán fuerzas que lo reformarán.

Imagina que pasas por la plaza de un pueblo y ves en el centro una pelota de tenis. Al día siguiente vuelves a pasar por el mismo sitio, y la pelota de tenis sigue estando ahí.

¿Qué pensarás?

Sabes que siempre hay niños y perros que cuando ven una pelota juegan con ella. Sabes que por esa plaza han pasado muchos niños y muchos perros.

¿Cómo explicar entonces que la pelota siga ahí?

Solo puede haber una explicación. Existe una fuerza que atrae la pelota al centro de la plaza. El niño aleja, jugando, la pelota del centro de la plaza, pero entonces aparece esta fuerza que la empuja de nuevo al centro. Y siempre así. De este modo, y sólo de este modo, puede suceder que la pelota esté siempre en su lugar. Por supuesto que siempre sucederá que llegue un niño que aleje la pelota de tal modo que ésta no pueda regresar. Ese será el fin del sistema estable.

Los sistemas más interesantes que existen son estables. Todos tienen algo en común:

Tienen un punto de equilibrio. Un lugar de forma ideal. Cuando son alejados de este punto, mediante una perturbación, generan fuerzas contrarias a ella, que lo empujan de nuevo a ese punto ideal. El tiempo que tardan en volver lo llamaré tiempo de relajación. Date cuenta que cuando un sistema se halla en equilibrio, sobre él no actúan fuerzas. Se puede decir que allí el sistema es libre.

Todo lo que te he dicho hasta ahora ha sido producto de la lógica; por lo tanto vale para cualquier sistema sea del tipo que sea.

Voy a ponerte una serie de ejemplos para explicarme:

- Sistema Físico.

Un columpio. Si observas un columpio te darás cuenta que salvo perturbación, siempre se halla en posición de equilibrio. Quieto. Porque sobre él no actúan fuerzas. Se halla en su punto de equilibrio. Cuando llega un niño y lo empuja hacia delante, surgen fuerzas que lo empujan hacia atrás. Si lo empuja hacia atrás, surgen fuerzas que lo empujan hacia delante. Tarda un tiempo en recuperar su equilibrio (tiempo de relajación).

- Sistema Ecológico.

Una población de zorros y conejos. Se hallan en equilibrio. Si nosotros lo perturbamos, por ejemplo haciendo aumentar el número de conejos, veremos que el sistema responde de un modo contrario a la perturbación. Al aumentar el número de conejos, aumenta la comida para los zorros. Los zorros al tener más comida, aumentan en número, pero al haber más zorros éstos comen más conejos y por lo tanto disminuye el número de conejos.

- Sistema Económico.

El precio de un producto. Un producto vale un valor. Hagamos aumentar artificialmente el precio y el sistema debe reaccionar en contra. Al aumentar el precio aumentará la oferta y disminuirá la demanda, por lo tanto el precio del producto disminuirá.

- Sistema Químico.

Una reacción: A y B reaccionan para dar B y C

Y viceversa. Si nosotros cambiamos el equilibrio, la reacción siempre se desplazará de modo contrario a la perturbación.

Te aburro, princesa, lo sé. Pero todo lo que te he contado es necesario para que comprendas un sistema estable del cual quiero hablarte:

El ser humano.

Existimos, por lo tanto somos existibles, y este simple hecho dice mucho de nosotros. Somos sistemas estables y todo lo que te he dicho, vale para nosotros. Te he hablado desde la lógica, y todo lo que he dicho es común a todos los sistemas estables. Por lo tanto es algo muy importante. Aquello que nos distingue es supérfluo, lo que tenemos en común con todo lo que está vivo es lo esencial.

Según lo que te he dicho tenemos un punto de equilibrio, de libertad; sufrimos perturbaciones y en nosotros aparecen fuerzas contrarias a ellas, que nos empujan de nuevo al equilibrio.

La cantidad de agua que debemos tener en nuestro cuerpo es la que tiene que ser. Cuando así es ¿qué sentimos con respecto al agua? Nada. Somos libres con respecto a ella. No nos produce ni dolor ni placer.

Imagina que sufrimos una perturbación:

El Sol nos calienta, sudamos, y perdemos agua. La cantidad de agua que hay en nuestro cuerpo ya no es la que tiene que ser. Estamos en desequilibrio. Entonces aparecen fuerzas que nos empujarán al equilibrio. Aparece el deseo. El deseo es una fuerza que nos empuja al equilibrio. El deseo va acompañado de sufrimiento. El sufrimiento es un chantaje del cuerpo para que actuemos y vayamos a donde tenemos que ir.

Si te alejas del equilibrio haré que sufras – Nos dice el cuerpo.

Conocemos el nombre del deseo de agua. Lo llamamos sed. Es muy importante princesa, que conozcas el nombre de tus deseos. No es fácil.

Veamos que sucede cuando bebemos agua. Cuando tenemos mucha sed sufrimos, y al beber agua fresca sentimos mucho placer. ¿Por qué sentimos placer? El placer es otro chantaje, otra fuerza que nos empuja al equilibrio.

Cuando regreses al equilibrio te daré placer, nos dice el cuerpo.

Es muy importante que te des cuenta que el placer de beber es muy transitorio. Dura el tiempo de relajación. El tiempo que tardas en regresar al equilibrio. Al cabo de un tiempo de haber bebido ya no sientes placer. Estás en equilibrio y las fuerzas han desaparecido.

Lo que te he contado con respecto al agua es aplicable a todo.

Yo creo que los deseos básicos del ser humano son el deseo de agua(sed),el deseo de alimento (apetito) y el deseo de aire (asfixia). Existen infinidad de desequilibrios, por lo tanto infinidad de deseos. Como no solemos conocer el nombre de los deseos usamos estos tres deseos básicos para hacer referencia a ellos. Así es princesa, que a veces sentirás sed, pero no será de agua; sentirás apetito, que no te quitará la comida, necesitarás respirar y el aire será de arena. Debes notar que el apetito es fácilmente soportable, no así la sed, pero lo que produce mas dolor es la asfixia. Si deseas a un hombre, pregúntate si es sed, apetito o lo necesitas para respirar.

Así sabrás cuánto lo necesitas.

Estás pensando: ya sé como obtener placer. Basta

con desequilibrarme, sufriré un poco, pero cuando regrese al equilibrio sentiré placer. ¿De qué modo puedes hacerlo?

Puedes ponerte al Sol y sudar. Perderás agua y sentirás mucha sed; aguantarás sin beber y cuando ya no puedas más, te beberás un litro de agua superfresca.

Puedes vomitar, sentirás mucho apetito y al comer disfrutarás mucho.

Puedes estar un minuto sin respirar. Lo pasarás muy mal pero el coger aire será estupendo.

Puedes echar dinero en una máquina "tragaperras"; perderás dinero y sufrirás, pero seguro que llega el premio, lo recuperas y disfrutarás mucho...

Puedes estar cuatro años sufriendo en un gimnasio, pero en los JJOO te darán una medalla de oro y será un gran placer.

Hay muchas más. De algún modo, todas son formas de masturbación.

Naciste en mal mundo princesa. Aquí, de mil maneras nos empujan a desear. Nos desequilibran permanentemente. Tal vez sea algo que necesitamos, porque llevamos desequilibrios profundos y constantes, que no sabemos corregir.

El objetivo es el equilibrio. No caigas en los

placeres artificiales: ningún sistema en la naturaleza lo hace. Son adictivos y lo pagarás muy caro.

Busca la libertad, el orden, la armonía, la paz. La reconocerás porque allí no hay fuerzas:

Sin sed, sin apetito, sin asfixia, sin deseo, sin dolor, sin placer, sin miedo.

Sencillamente, como hacen todos los sistemas estables del Universo.

EL FUTURO

Voy a hablarte de mecánica. La realidad en un momento dado se halla en un estado. Nos preguntamos en qué estado se hallará en un momento inmediatamente posterior. Para responder a esta pregunta el hombre durante mucho tiempo se basó en el principio de causalidad. Creer en el principio de causalidad supone creer que siempre hay una causa para cualquier cosa que suceda. Que nada puede suceder sin una causa. Supone también creer que todo cuanto sucede tiene su efecto y que no puede suceder algo sin que se produzca su efecto. Una puerta no puede abrirse si no es empujada, y si es empujada tiene que abrirse. De este modo tratamos de comprender todo cuanto sucede. En el lenguaje existe una palabra, que es la palabra "porque" que la usamos para expresar nuestra creencia en la causalidad.

Newton inspirado en esta creencia estableció dos leyes que son básicas en lo que se conoce como mecánica clásica. La primera dice que si sobre un cuerpo no actúan fuerzas, si es libre, no cambiará su estado de movimiento. Es decir que si no empujas una puerta ésta no se abrirá. La segunda ley dice que si sobre un cuerpo actúa una fuerza este cambiará su forma de moverse. Es decir que si empujas una puerta, ésta tiene que abrirse. Todos los sucesos los relacionamos basándonos en estas ideas.

Sin embargo toda idea nace de la experiencia. Si decimos que una puerta al empujarse debe abrirse, es porque así lo hemos hecho muchas veces y siempre sucedió de ese modo. Sin embargo ¿Cuántas veces has empujado a una puerta? tal vez miles. Muchas. Pero siempre un número finito de veces. Y decimos: como muchas veces siempre ha sucedido así, siempre tiene que suceder así. Pero este razonamiento evidentemente no es correcto. Decir siempre significa decir infinitas veces. Pero a partir de una experiencia finita no podemos hacer afirmaciones de infinita validez. Matemáticamente éste es equivalente a afirmar: como nunca he visto que esto suceda así, sucederá así porque me da la gana decirlo. Si empujáramos una puerta y ésta no se abriera no tendríamos el más mínimo derecho a decir que el mundo se había vuelto loco. Puede haber tipos de relación que hagan que dos sucesos suelan presentarse consecutivamente y que no sean relaciones de causalidad.

Si conectamos los sucesos por medio de causas podemos predecirlo todo. Determinismo. Pero, por ejemplo, si observamos a los animales difícilmente podemos pensar que podemos predecirlo todo.

Hace más de setenta años Heisenberg estableció un principio, muy polémico, pero que es uno de los principios básicos de la Física moderna. Este principio decía que no era posible conocer con absoluta certeza, a la vez, la posición y algo que se llama momento cinético de una partícula. El momento cinético es una magnitud que es el producto de la masa por la velocidad. Así como la masa de una partícula, sí la podemos conocer, lo que no podemos conocer es su velocidad. Luego no podemos conocer la posición de una partícula y su velocidad exactamente y simultáneamente. El producto de posición por momento cinético tiene dimensiones de Energía por tiempo, ah eso los físicos lo llaman acción. En realidad el principio de incertidumbre actualmente dice que no se puede conocer exactamente y simultáneamente dos magnitudes cuyo producto tenga dimensiones de acción. Parece como si no se pudiera conocer la acción. La acción es la variación de la realidad.

Veamos algunas de las consecuencias que podemos deducir.

Partimos de la afirmación de que no es posible

conocer la velocidad y la posición de un cuerpo simultáneamente. Si yo te digo, un coche está en la Puerta del Sol de Madrid. ¿Dónde estará dentro de un instante? tú me responderás que no puedes saberlo si no te digo que velocidad llevaba y en qué dirección se movía. Si te digo, un coche se mueve a 100 Km/h dirección norte. ¿Dónde estará dentro de un instante? tú me dirás que si estaba en Australia por Australia andará, y si estaba en Argentina allí estará. Por lo tanto, no podemos saber donde estará un coche dentro de un instante, si no podemos conocer su posición y su velocidad simultáneamente. Como no podemos conocer esto, no podemos conocer donde estará un coche dentro de un instante. Así es con todo.

Debemos por lo tanto renunciar a pretender conocer el futuro. Claro que, evidentemente, el resultado de un partido de fútbol no puede conocerse, pero en una liga en la que jugara el Real Madrid y el equipo de mi pueblo, seguro que quedaba por delante el Real Madrid.

La creencia en el principio de causalidad nos permitía conocer el futuro, pero éste no puede conocerse. ¿Qué pensar?

¿Cómo ha de ser nuestra mecánica entonces? Sólo podremos hablar de probabilidades. Por otro lado el principio de incertidumbre dice que no se puede conocer.... Pero conocer es un verbo personal. ¿Quién no puede conocer? El sujeto. Debemos reservarle un papel trascendente al sujeto.

¿Por qué no podemos conocer el futuro? ¿Por qué no es posible conocer la acción?

Este tipo de juegos tienen un calificativo.

EL ARBOL Y EL RIO

¿Qué sucederá?

¿Vienes princesa?

- Te acercas a mí sonriendo.

¿Porqué no vienes? deja de mirarme y ven.

- Coges mi mano y vamos a la orilla del río.

- Si te quedas ahí sentada me marcharé y te dejaré sola.

No quieres ir al río porque prefieres que estemos a la sombra de aquel árbol.

- Miras el agua y en ella se refleja tu rostro.

¡Vuelve a mirar! ¿Es el mismo rostro? ¿Dónde está aquel?

- Tiempo asesino.

- Me acerco a tí y veo que estás sentada en la hierba. Olas de caricias.

- Subamos al árbol y juguemos como si fuéramos niños.

- Te has puesto celosa como si sintieras que me había ido con otra. Si eras tú.

¡Qué tonta!

-¿Por qué no nos bañamos?

- Miro a mi alrededor y no te veo. Creo que me has dejado solo.

- No quieres subir y yo me voy al río.

- ¡Cuidado no te caigas del árbol! Mira cuántas ramas tiene,... y mira cómo pasa el río por su único cauce.

...A veces pienso, princesa, que la vida es un juego de azar. Pero no, son monedas que al lanzarlas sale cara, o sale cruz: Sale cara y sale cruz.

- Por ejemplo:

- No sé si quedarme y darte un beso, o irme.

¡Zhás!

- Te he besado. Eso quiere decir que somos, quienes pertenecemos a la realidad, en la que me quedé y te di un beso.

¿Qué suerte verdad?

...Tal vez haya alguien que se fue sin besarte.

UN CUENTO

Estabas dormida y te preguntabas si estabas soñando o no. Jamás te lo preguntas cuando estas despierta. Así que sabes que cuando te lo preguntas...sueñas.

Lee este cuento...

EL EXPERIMENTO

Año 2001 de la Era cuántica.

El laboratorio se hallaba en el planeta más pequeño del sistema de la estrella Yula, en las afueras de la Galaxia X275. Al verlo llamaba la atención el color blanco de todo lo que en él había: las paredes, el suelo y el techo, las ropas que llevaban los científicos, los ordenadores y la luz que entraba por las ventanas. Si se miraba a través de ellas, se podía ver un inmenso desierto y un cielo verde, atravesado a veces por haces de luz roja que no eran otra cosa, sino el rastro que dejaban las naves que por él volaban.

Aquella mañana los científicos estaban más serios y agitados que de costumbre, pues iban a realizar un experimento que llevaban preparando desde hace mucho tiempo.

En el centro de la gran sala había una mesa, sobre la que estaba una especie de urna. En el interior de esta se encontraba un viscoso líquido y, suspendido en él, se hallaba una masa blanca poco mayor que un puño. De este cuerpo salían ramificados infinidad de hilos blancos que estaban conectados a unos electrodos. Estos a su vez, a través de cables metálicos se unían a un ordenador central.

Hacía mucho tiempo que sabían formar un tejido nervioso a partir de las neuronas elementales, pero nunca hasta la fecha habían construido un sistema tan complejo. La masa que había en la urna era una especie de cerebro humano, y los hilos blancos eran nervios.

El ordenador mandaba impulsos eléctricos que llegaban hasta las neuronas centrales, y estas hacían una representación de aquella información en forma de ideas. Las señales que llegaban por los nervios asociados a los sentidos eran interpretadas como imágenes visuales, sonoras, olfativas, táctiles y de sabor. Había entradas en aquella masa que portaban información para producir la sensación de tener un cuerpo con todos los órganos. Previamente se habían ordenado microsistemas en el interior de aquel cerebro con lo que se había dotado a aquello de unos recuerdos y una sensación de ser. Se podría decir que había una persona asociada a aquella masa blanca.

Los científicos querían ponerse en contacto con aquella persona. El doctor jefe se puso a hablar al ordenador, para que este trasmitiera, del modo adecuado, al ser que había creado, un mensaje. Dijo lo siguiente:

- Hola, soy tu creador, soy ingeniero de ideas. Tú que estas leyendo este cuento eres el experimento. Si, tú. En estos momentos estás en el interior de una urna de cristal, en un sitio muy lejano de cualquiera que puedas imaginar. Si quieres saber como soy, soy como la persona que crees ha escrito este relato. Introduje mi verdadera imagen en la masa. Crees estar leyendo un cuento pero estás en un error. De algún modo eres lo que anteriormente has leído. Crees tener un nombre, unos recuerdos, un cuerpo, unas sensaciones, crees estar viviendo en un planeta llamado Tierra a principios del siglo XXI de la Era Cristiana, y crees tener delante de tí una hoja blanca en la que hay escritas unas palabras. En realidad todo eso es mentira. Sólo se trata de una idea compleja que yo he creado. Haré que pienses que esto no es más que un relato y que te lo tomes a broma. La persona que crees ha escrito ésto, siempre te dirá que ha sido un producto de su imaginación. Sin embargo a partir de ahora nunca tendrás la absoluta certeza. Crearé otras cosas como ésta que tendrán una imagen de 'yo' parecida, pero no serás tú, serán otras ideas. En realidad tú no existes, solo existen las ideas.

No existe el objeto ni el sujeto. Esta especie de cuento existiría de algún modo, aunque no tuviese autor, ni hubiera quien lo leyese. No te engañes, no conoces otra cosa. Que existan los seres es absurdo, pero no así los cuentos. Cuentos momento: momentos que hacen cuentos, cuentos que hacen momentos. Si existen, existen y como existen, existen… ¿Porqué no?

Yo no soy ingeniero de personas, ni de cosas, soy ingeniero de ideas, escribo cuentos, cuentos como "éste" que no sabes quien lo escribe, ni quien lo lee, ni a qué realidad se refiere. Adiós.

Así le habló el creador a su criatura. El científico se levantó, y pensativo, se quedó mirando la urna con la masa blanca. Entonces se le acercó un compañero y le dijo:

Lee este cuento.

EL INSECTO

Un insecto se hallaba enfrente de un punto blanco. Era todo lo que veía: su campo de visión era muy pequeño.

Se preguntaba qué hacía allí aquel punto. ¿Por qué estaba? ¿Formaba parte de un dibujo? ¿Lo había pintado alguien con algún sentido? ¿Cuál era su sentido? ¿Tenía sentido que tuviera sentido? También podía ser que estuviera allí por casualidad. Que hubiera salpicado de un modo absurdo, de alguna manera.

Allí estaba el insecto, delante de aquel punto blanco, haciéndose preguntas.

Allí estaba el insecto, delante de una infinita pared blanca, de la que solo podía ver un punto. Una pared blanca. Una bola blanca. Redonda y plana. Infinita y puntual. Realidad y sueño. Blanca y negra. Era y no era.

Ninguno de estos conceptos tienen sentido cuando no hay nada fuera de la bola. Ninguna referencia. Nada en lo que podamos basarnos para comprender.

Alguien dijo:

Yo pienso luego existo.

Es fácil deducir que existes cuando empiezas diciendo "yo", porque cuando dices "yo" ya supones que existes: existo si lo supongo.

Pero no me hagas caso, juguemos a engañarnos princesa. ¿O no?

Si te siento, de algún modo existimos… y existir es sentir...

¿Ser y no ser?

LA NOCHE.

Esperanza e ilusión.

CIELO NOCTURNO

Ya se ha hecho de noche. Mira el cielo. ¿Qué ves? Estrellas.

Todo el mundo ve estrellas. Miran con ojos de esperanza. La esperanza es la evidencia de la naturaleza cuántica de las cosas. Pero hay algo más evidente y más interesante que las estrellas. Detrás de las estrellas hay un fondo negro. ¿Qué significa ese fondo negro?

Imagina que tienes un telescopio con el que puedes mirar donde quieras. Enfócalo a cierta distancia. ¿Qué ves? ves ciertos astros. Mira más lejos. Sigues viendo astros. Pero ¿qué hay muy, muy a lo lejos? si enfocas para ver lo que hay muy lejos verás un fondo negro. No verás nada. Vemos el color negro cuando a nuestros ojos no llega luz visible. Podríamos decir que negro es el color de la nada. Cuando por la noche miramos muy a lo lejos no vemos nada. Eso quiere decir que no hay nada.

Vuelve a mirar enfocando a cierta distancia. La luz tarda cierto tiempo en llegar. Por lo tanto lo que ves es algo que sucedió hace algún tiempo. Estás viendo el pasado. Si miras más a lo lejos verás algo que sucedió hace más tiempo. Pero ¿qué sucedía en el Universo hace mucho, mucho tiempo? Para saberlo mira muy, muy a lo lejos. ¿Qué ves? Nada. Eso quiere decir que no sucedía nada.

El fondo negro sugiere que vivimos en una isla espacio-temporal. Es el rostro del mar que nos rodea. Si hubiera un cielo de futuro no creo fuera muy distinto al que ves. Sin embargo, negro es un color. El cerebro nos engaña, nos hace ver algo donde no hay nada. Porque no sabemos no sentir, porque estamos vivos. El cero no existe porque no puede ser objeto directo del verbo ver. El silencio no existe porque no puede ser objeto directo del verbo oír. Pero sí puedes "verlos". Verás el verdadero negro si miras con los oídos. Escucharás el silencio si escuchas con los ojos, y tocarás el vacío si tocas con mis manos.

La vida del Universo no es muy distinta a nuestra vida. Vivimos del día a la noche en un atardecer permanente. Cuando miro hacia atrás, hacia la infancia, veo un Sol cálido y luminoso, en un cielo de colores. Así son los amaneceres. Cuando miro hacia delante veo un fondo negro con "astros azules que tiritan". Tiritan de frío en medio de la noche.

Todo es finito, princesa. El ser es finito, casi

cero. Morirá la Tierra con sus mares y morirá el Sol; morirá el Universo y morirá el Tiempo.

Nuestro destino es lo eterno y sólo es eterno el olvido. Es por lo tanto el único destino posible.

LA PRINCESA ESTA TRISTE

La princesa está triste. ¿Qué tendrá la princesa?

Pensamientos de amargura,
recuerdos de añoranza.
Sus ojos son de ternura,
Y el corazón de esperanza.

Cristales rotos su risa.
Fuego negro su mirada.
Un trozo de alma se me iba,
Cada vez que la miraba.

Su deseo de madera,
Sueña fuego con cenizas
Y en la vana y larga espera,
Se pudre en el agua fría.

De tiernos y dulces ojos,
Llena está toda su cara.
- ¿Qué tienen tus ojos niña,
qué miran tristes al alba?

Miedo a la mar vacía,
Miedo a la noche larga.

Era de miedo el deseo
Y de miedo la añoranza.
La amargura era de miedo.
La esperanza... de esperanza.

SUEÑOS NEGROS

Ayer soñé que soñaba.
Soñé por mí, soñé por otros.

Soñé que el hielo me quemaba,
Y que ardía la nieve blanca.
Y que el viento recio y triste de la noche
Podía cortarse con un cuchillo,
Y que había tanta luz, esa noche, en el cielo,
Que los ojos me cegaban.

Ya te dije que ayer soñé que soñaba.
Soñé por mí, soñé por otros.

Soñé que nadie sufría,
Que volaban palomas blancas,
Que no había guerras ni hambre.
Y por soñar que no estaba solo soñé que la muerte no estaba.
Y como me puse a soñar en cosas extrañas e imposibles,
Llegué a soñar... ¿Tú te crees?,
Llegué a soñar que me amabas.

Ya te dije que ayer soñé que soñaba.
Soñé por mí. Soñé por todos.

POEMA

Negra nieve.
Fuego negro.
Negros sueños...
Blanca muerte.

Aire blanco.
Blanco amor.
Negros sueños...
Blanca ilusión.

POEMA FINAL

Una cosa sé de quien te imaginara: sonriera.

Si de amor el agua fuera
Que fuente diera algún día
De esa agua nadie bebiera
Amor es agua bendita.

Pero en las verdes algas de tu cuerpo un día
caballitos se posaron.
Y en las grises aguas del alma fría
pececitos de colores pececitos de colores
eras mar enamorado.

Era oscuridad y era luz
Era luz y era color
Era color y era flor
Era flor. Eras tú

La mariposa que baila,
La Soñadora del Tiempo:

Hoja seca que cayéndose danza
Aire que te va meciendo.

Mas no sientas tristeza niña,
Porque belleza es el viento.

ADIOS PRINCESA

Mírales como corren. Dibujan caminos en la isla y se echan a correr. Si les preguntas, te dirán que corren porque se vive para correr. Hay que tener un camino que te lleve a algún lugar. Corren porque tienen algún sitio a donde ir y tienen mucha prisa en llegar. ¿Qué lugar? Huyen y van. Yo miro la isla y no veo ningún lugar especial a donde ir.

Tiene que ser muy frustrante ser ingeniero de caminos y vivir en una isla.

Cuando alguien corre, dos pueden ser los motivos: uno es que vaya a algún lugar, el otro es que huya de algún lugar. Cuando se viaja, uno no sabe nunca si viene o va.

Yo creo que tienen algo detrás que les persigue y que les da mucho miedo.

La vida no es un camino, es un paseo. Pero si tienes detrás algo que te aterra y te persigue, no serás capaz de pasear saboreando el tiempo. Tendrás que correr, y si tienes que correr, necesitarás caminos y lugares a donde ir. No podrás estar quieta. Necesitarás lugares para refugiarte de lo que te persigue.

Es hora de partir. Ahora que es de noche debes ir a los bordes de la isla y subir al más alto de los acantilados. Una vez allí debes desnudarte y retar al mar. Gritarle que vomite sobre ti todos sus monstruos: ¡ordenarle al silencio que se calle!

Si te desnudas bien, vencerás. Sería más fácil si no te hubieran vestido tras nacer. Pero te domaron, te amaestraron, te engañaron.

Yo no puedo acompañarte.

Si vences, cuando llegue el amanecer, verás por primera vez el color de la luz; el aire dejará de ser de arena y sentirás el frescor, no volverás a sentir miedo; sentirás la libertad y el equilibrio, y podrás regresar paseando desnuda por la playa.

Si sales derrotada, regresa corriendo. Yo te esperaré, te cubriré de amor, y curaré tus heridas con bálsamo de mentiras, que inventaré para ti.

Adiós, princesa.

Y
DESCONCIERTOS

AL ESTE DEL EDÉN

Frases:

Cuando alguien te falla, la primera vez es culpa de él; la segunda tuya.

En verdad, nadie puede fallar dos veces.

El pecado original.

En el principio el hombre vivía en el paraíso. Era muy feliz. Pero un día cometió un pecado. Por culpa de ello fue expulsado del Edén, para no poder volver jamás. Por culpa de un pecado fue expulsado por siempre del Edén. Viajó al este e inició una nueva vida de pecados y mentiras.

El pecado original.

Era una pareja que vivía en el Paraíso. Eran muy felices. Pero un día ella cometió un pecado. Le falló. Muy arrepentida le pidió perdón sinceramente.

- Perdóname. Dijo ella.
- Bueno, te perdono.

¡MENTIRAS! (Dijo) El hombre no sabe perdonar. Se engaña el, la engaña a ella, se engaña ella y lo engaña a él. Mentiras. Si él supiera ser sincero le diría:

Seguiremos como si nada hubiera pasado. Pero algo sí ha pasado. Yo te veía como un ángel y confiaba plenamente en tí. Y eso te lo has cargado. Nunca más te volveré a ver como un ángel y nunca más volveré a confiar en tí. Vivíamos en el Edén y cometiste un pecado. Por culpa de ello tenemos que partir para no regresar jamás. Viajaremos al Este e iniciaremos un nuevo juego. Un juego, esta vez, de pecados y mentiras.

Te cargaste la belleza, princesa.

HACER EL AMOR

Hacer el amor es sentir. Se siente mediante los sentidos. Dicen que los sentidos son cinco, pero hay algo más. Coge lo que sientes princesa y quítale la imagen visual, y la imagen auditiva, quítale todas las imágenes que percibes mediante esos cinco sentidos; verás que algo queda. Eso que queda lo percibes mediante un sexto sentido: el sentido del ser.

Juguemos a un juego princesa. Hagamos el amor prescindiendo de ciertos sentidos.
Sintámonos en parte. Tápate los ojos con un pañuelo y siénteme. Tápate los oídos con algodones y siénteme. Hagamos el amor sin tocarnos. Ve cerrando los sentidos. De este modo descubrirás aquellas imágenes que más te gustan. Descubrirás de qué modo quieres sentirme para ser más feliz. Puedes descubrir la sensación que más te gusta, y si prescindes de las demás, puedes concentrarte en ella para gozarla en toda su plenitud. Si juegas a este juego princesa, descubrirás que puedes prescindir de cualquiera de los cinco sentidos y siempre hallarás un

delicado gozo. Pero si prescindes del sexto sentido, del sentido del ser, te encontrarás haciendo el amor con un muerto.

- ¿Por qué te cuento esto?

Porque es muy hermoso olerte princesa.

Me lo pueden impedir.

Es muy hermoso escucharte princesa.

Me lo pueden impedir.

Es muy hermoso verte princesa.

Me lo pueden impedir.

Es muy hermoso tocarte princesa.

Me lo pueden impedir.

Es hermoso besarte.

Me lo pueden impedir.

...Pero lo que no podrán impedir jamás, es sentir que existes, y eso es lo más bonito de todo.

Incluso aunque mueras, seguirás existiendo en mi recuerdo... y te seguiré sintiendo.

EL OLOR DE LA FLOR

¿Es acaso la rosa que escondes ho es el clavel de tus mejillas? ¿El fuego negro de tus ojos o el rojo de tus labios? ¿Es la forma redonda de tu carne o la carne que llena tu forma? ¿Cuál es tu secreto, princesa? Puede ser el bosque de tus cabellos o el desierto de tu espalda. Tal vez los misterios de tu frente.

¿Es nieve o es fuego? ¿Son cuerdas que me atan o es aire para respirar?

¿Nació en el pasado o en el futuro? No sé si tengo esperanza. ¿Qué siento, princesa? Puede ser un recuerdo o puede ser un sueño. Tal vez un simple misterio de mi frente.

¿Es el pantano de tu sudor con sabor a uña o simplemente tu sonrisa? ¿Agujeros penetrados o una mariposa posada en una flor? No sé si es bueno o malo. ¿Es razón o locura? Puede ser un abrazo que me quita el miedo. Tal vez la clave del misterio.

Es aparte de eso la mentira más verdadera. La verdad más falsa. Es el recuerdo de un recuerdo y el sueño de un sueño.

Érase una vez un bosque en el que vivía un viejo sabio. Contaba que hacía tiempo por allí había pasado un viajero venido de un país muy lejano. Aquel viajero siempre estaba hablando de un olor. Para describirlo lo adjetivaba con palabras muy hermosas, cuyo significado nadie logró descifrar. Decía el viajero que aquel olor era "el olor de una flor". El viejo relataba, que el viajero se fue, y todos lo tomaron por loco.

LAS PALABRAS

Las palabras son asombrosas. Nos alejan tanto, y es tanto lo que pueden acercarnos.

Creo que educamos mal a nuestros niños. Su mundo, cuando crecen, son los objetos de un piso, y si preguntas "¿Qué es un tenedor?", la respuesta es:"algo que sirve para comer cierto tipo de cosas". "¿Qué es la nevera?". "Algo que sirve para enfriar". Etc. Todas las cosas que va conociendo son "cosas que sirven para..." Y mirará el mundo con las palabras, y un día pensará "¿para qué sirve la vida?". Lo llevarás a pasear por el campo, por la noche, y le dirás: "Eso es la Luna". Y te dirá: "¿Para qué sirve la Luna?" Y comprenderás que acabará destruyendo el mundo y a sí mismo.

Por otro lado te diré que el mundo es un lago - ¿reflejado en infinitos espejos?- y las palabras son los recipientes, distintos, con los que vamos cogiendo el agua del lago. Al final los ponemos colocados en una estantería, con cierto orden, y decimos: "mirad el lago". Pero eso no es el lago. ¿Dónde está su color?

¿Dónde está su frescor? ¿Dónde los reflejos de las montañas? Debemos inventar recipientes en los que podamos poner: en unos el color; en otros el frescor; etc. A pesar de eso, siempre acabamos destruyendo el lago.

Cuando los niños aprenden a leer, primero lo hacen en voz alta. Después leen moviendo los labios. Finalmente leen sin pronunciar las palabras, pero las piensan.

Intenta mirar el mundo usando una única palabra.

PENTÁGONO

La vida no es un camino de rosas. Tampoco es, princesa, una mierda. Es dura. Esto quiere decir que es para hombres.

El destino de un hombre es su carácter.

Te diré los principios de la acción:

1.- Solo tú.

2.- Tu solo no.

El primer principio habla de que un hombre debe aceptar su responsabilidad. No debe achacar a factores externos las causas de sus desgracias.

Imagínate un entrenador de fútbol que sus futbolistas le dicen:

-No pudimos hacer nada.

-El contrario era superior.

-El árbitro siempre favorece a los grandes.

Ellos esperan la palmada cariñosa y cómplice del entrenador.

Imagínate un amigo que te dice:

-Mi novia me ha dejado.

-La vida es una mierda.

-No puedo hacer nada.

El espera la palmada cariñosa y cómplice del amigo.

Pero la vida te he dicho que es dura. Para hombres.

Debes decirles:

-¡Llorad como putas nenas lo que no sabéis defender con huevos de hombres!

Solo tú.

Pero tu solo no. La vida es también un juego en equipo.

Ayúdate y deja que te ayuden.

La vida es dura, princesa, es para hombres. Y quiero hablarte de lo que es un hombre.

Yo lo imagino como un pentágono, de lados regulares.

Los cinco lados son los siguientes:

1.- Libertad.

2.- Sabiduría.

3.- Fuerza.

4.- Bondad.

5.- Felicidad.

El hecho de que el pentágono sea regular indica algo importante. Los cinco lados son iguales. No puede aumentar uno sin que aumenten los otros cuatro. Y al aumentar uno aumentan los otros.

De este sencillo esquema se derivan multitud de

consecuencias:

1.- La libertad te hará sabio, fuerte, bueno y feliz.
2.- La sabiduría te hará libre, fuerte, bueno y feliz.
3.- La fuerza te hará libre, sabio, bueno y feliz.
4.- La bondad te hará libre, sabio, fuerte y feliz.
5.- La felicidad te hará libre, sabio, fuerte y bueno.

Podría explicarte todo lo que te he dicho.
Pero debes descubrirlo tú.

EL PERDON

No existen los errores, solo hay actos extraños.
Marguerite Duras.

...Pero no me traiciones jamás. Yo no sé perdonar.

De los pozos de petróleo mana petróleo, de los pozos de agua sucia mana agua sucia y de los pozos de agua limpia brota siempre agua limpia. Si veo brotar de ti agua sucia, no podré negar lo que mis ojos ven...

En el principio el hombre vivía en el paraíso. Era muy feliz. Pero un día cometió un pecado. Por culpa de ello fue expulsado del Edén, para no poder volver jamás. Por culpa de un pecado fue expulsado por siempre del Edén. No hubo perdón.

Era una pareja que vivía en el Paraíso. Eran muy felices. Pero un día ella cometió un pecado. Le falló. Muy arrepentida le pidió perdón sinceramente.

Perdóname-.Dijo ella.

Bueno, te perdono.-Dijo el.

¡MENTIRAS! ¡El hombre no sabe perdonar! Se

engaña él, la engaña a ella, se engaña ella y lo engaña a él. Mentiras. Si él supiera ser sincero le diría:

Seguiremos como si nada hubiera pasado. Pero algo sí ha pasado. Yo te veía como un ángel, eras mi princesa, y confiaba plenamente en tí. Y eso te lo has cargado. Nunca más te volveré a ver como un ángel, y nunca más podré confiar en tí. Vivíamos en el Edén y cometiste un pecado. Por culpa de ello tenemos que partir. Iniciaremos un nuevo juego. Un juego, esta vez, de pecados y mentiras. Destrozaste la belleza, princesa.

TESIS

La existencia de enfermedades contagiosas como condicionante del comportamiento sexual.

Religiones.
Historia
Moda
Asimetrías
Higiene

Algunas religiones tienen eso que se llama sexto mandamiento. El sexto mandamiento prohíbe cometer actos impuros. ¿Qué es un acto impuro? Un acto impuro es un acto no limpio, no higiénico. La razón del sexto mandamiento es una razón de tipo higiénica.

Por ejemplo, los árabes prohíben comer carne de cerdo. ¿Por qué? Porque el cerdo es vehículo portador de enfermedades y aquellos que comían carne de cerdo sufrían grandes males. Como no había un centro de seguridad científico esto fue controlado por la superstición, es decir la religión.

En la India está prohibido comer carne de vaca. Seguramente en algún momento las vacas eran portadoras de alguna grave enfermedad (pensamos en las vacas locas) y entonces le correspondió a la religión tomar medidas.

En zonas de la África subsahariana existe la creencia de que si una mujer se va con un hombre, su marido muere. Es una creencia supersticiosa pero realmente teniendo en cuenta las enfermedades que existen, no es descabellada.

Estos ejemplos y muchos otros más, indican que detrás de la represión sexual hay razones de tipo higiénico.

Vayamos a analizar la historia. En la Edad Media había, contra lo que muchos piensan, bastante libertad sexual. La razón era que la gente vivía muy aislada y no se producían epidemias producidas por enfermedades contagiosas. Por lo tanto, no había miedo y no había razón para la represión. Posteriormente con las revoluciones industriales, la gente se amontonó en ciudades y hubo que potenciar las medidas de higiene. Una de ellas es la represión sexual. Por eso la época victoriana fue una época de mucho puritanismo. Hay que decir que Freud hizo sus estudios en esta época y por eso halló lo que halló.

Aproximadamente en los años treinta se produjo un descubrimiento muy importante: la penicilina. Gracias a ella muchas enfermedades de contagio sexual se curaban y éstas empezaron a dejar de ser un problema. Posteriormente en los años cincuenta se descubrió la píldora y dejó de haber miedo por parte de las mujeres a quedarse embarazadas. Estas cosas hicieron que en la década de los sesenta surgiera una especie de revolución sexual. Se reivindicaba la liberad sexual porque ya no había miedo.

Hubo años de libertad sexual pero en los años ochenta apareció una enfermedad que cambió completamente el asunto: el sida. Desde entonces no ha vuelto a haber libertad, Las cosas cambiarán cuando se solucione el problema.

Ahora vamos a hablar de la moda. En la época victoriana todo el mundo iba de oscuro con corbata y el cuello cerrado hasta arriba. Esto indica represión. Durante mucho tiempo había que ir con el pelo corto (parece más higiénico) y trajeado. Eran mensajes que decían estoy sano. En los años sesenta cambiaron las cosas. Las ropas eran mas anchas, había muchos más colores, se llevaba el pelo largo e incluso estaba bien visto el consumo de drogas. Era una época de apariencia sucia pero porque no había razón para que fuera de otra manera. En los años ochenta con la llegada del sida cambió de nuevo la moda y volvió a ser lo que había sido. Pelo corto, nada de barba, colores tristes, ir tapado hasta el cuello, superdepilación (el pelo es sucio) etc. Logicamente los cambios en la moda van asociados a cambios en otras cosas como la música.

Hablemos de asimetrías. ¿Por qué lo que se le exige a una mujer en el comportamiento sexual es distinto a lo que se le exige al hombre? Una mujer que está con muchos chicos es una puta, un hombre que esta con muchas mujeres no pasa nada. ¿Por qué?

Hemos dicho que la represión sexual es una especie de medida de higiene. La clave es que en las relaciones sexuales la probabilidad de que se transmitan enfermedades macho-hembra no son las mismas que hembra-macho. Por cuestiones de anatomía y de mecánica del acto sexual (con sus diferentes variantes) la probabilidad de que un macho infecte a una hembra es mayor que al revés. Esta asimetría es la causa de la asimetría que hay en la tolerancia en el comportamiento sexual de hombres y mujeres.

Para terminar hablemos de moda e higiene. La higiene tiene una dimensión estética y una dimensión sanitaria. Por eso hay cosas que parecen sucias y no lo son (pelo largo, ir sin afeitar o sin depilar, el polvo, los papeles etc.) y hay cosas que no parecen sucias y sí lo son (contactos entre animales, sexo, besos, darse la mano, escupir etc.). El objetivo de la higiene es no favorecer la propagación de microbios que puedan producir enfermedades.

CLASE DE FISICA

Física es comprender las reglas del juego, pero para comprender el juego. El mundo es el juego.

- Veo un tres.

¿Dónde?

- Veo que las cosas tienen tres direcciones para ir, y veo que para ubicarlas necesito de tres números.

¿Qué significa eso?

- Que el mundo tiene tres dimensiones.

¿Seguro?

- Perdón. Yo tengo tres dimensiones.

¿Qué más ves?:

- Una cuarta cosa.

¿Cómo es?

- Veo que las cosas están cargadas de futuro. Pero esa cosa siento que la pierdo, y es algo que consume a las cosas.

Eso es el tiempo. ¿Y dónde está?

- Está en mí.

Todo está en tí.

Tú eres el fuego que alumbra las cosas. El color de las cosas es aquél con el que tú las iluminas. Y el fuego se apagará. Porque es ley que todo aquello que destruye a quien lo crea ha de terminar pereciendo. Y cuando el fuego se extingue todo será oscuridad, silencio.

El color de las cosas es aquél con el que tú las alumbras.

POEMA

Con el recuerdo del beso nunca dado una lágrima seca brota en mí,
En el momento en que aquí, todo es ausencia.

Te alejaste de pantanos y ríos hacia el mar, y otros brazos te tendrán,
En el momento en que aquí, todo es ausencia.

Caminos recorrerás que te alejarán de mí
Y vientos te llegarán embarazados de besos
Y un ángel te dirá que todos son para tí.

Y un día yo moriré y ya nadie te amará.

Las mariposas dirán
Que no deja de llorar
Porque a su mundo de abril
Llegó la brisa del mar.

ETICA Y ESTETICA

Voy a hablarte de la Ética y la Estética.

La Ética es la teoría del bien y del mal. Dicen que hay comportamientos buenos y comportamientos malos. ¿Cuándo un comportamiento esta bien? ¿Cuándo esta mal? ¿Qué es pecado y por qué? La Ética habla de leyes, reglas o mandamientos. Habla de jueces, y habla de castigos y premios. Al menos tal como yo la entiendo. Pero yo no la entiendo; me resulta todo muy confuso.

Podría decirse que yo soy una persona sin ética, pero eso no significa que sea un depravado. Soy una persona con estética. ¿Qué es la estética?

La estética es la teoría de la belleza. Existen cosas bellas y cosas feas. Nada más evidente. Si la metáfora de lo bello es la flor, la metáfora de lo feo es la mierda. El mundo, la vida, los hombres son una mezcla de belleza y fealdad. Son flores en la mierda, o mierda entre las flores.

Comparando la ética y la estética se nota, por ejemplo, que parece que la ética debe enseñarse. Los padres siempre están diciendo a sus niños lo que está bien y lo que está mal. En cambio la estética, en principio, no se aprende. Nadie le dice a un niño lo que es bello y lo que es feo. No es necesario enseñarle cuando una chica es bonita o no, o si una música es hermosa, etc. Así sucede a veces que cosas buenas que se enseñan, resultan feas, y cosas bellas, son malas.

Por otro lado, en la ética existe el premio y el castigo. Existe la cárcel.

En la estética no hay un castigo ni un premio explícito. Cuando alguien realiza una acción fea no hay razón para castigarle. Quien realiza acciones feas es feo. Nadie tiene la culpa de ser feo. Y al revés, no hay mérito en ser hermoso. Sin embargo es triste estar rodeado de mierda. En cambio resulta fácil ser feliz cuando estas en medio de un jardín.

...Y siempre estamos rodeados de nosotros mismos.

PRENSA ROSA

Hablan de nosotros.

-¿Quiénes?

Murmuran.

-¿Pero quienes?

Anoche estaba triste y sólo, hacía frío, y me puse a hablar con las estrellas.

Y les dije:

- Vosotras que sois tan puntuales, y estáis tan lejanas y sólas, como yo, tiritando de frío. ¿No os aburrís?

- ¡Qué va!-Me dijeron.

- Pero ¿qué hacéis para no aburriros?

- Leemos.

- ¿Qué leéis?

- Revistas del corazón. ¿No sabías que hay prensa para las estrellas?

- ¡Atiza!.-Dije yo.

- ¿Y de qué hablan? Seguro que hablan de Tom Cruise y P.Cruz, o del príncipe y de Eva S....

- ¡Qué va tío, no te enteras!

- ¿Cuál es la portada en las revistas que leéis vosotras esta semana?
- Ella y tú.
- ¡Qué tontería!
- Todas hablan de vosotros -Me dijeron.
- ¡Cotillas!.

Y entonces, yo que soy tantas cosas, me volví astrofísisco. Sí, porque comprendía el murmullo de las estrellas, su ruido, esa señal que sesudos científicos intentaban comprender, yo la entendía.

Sí, princesa, sabía de qué hablaban.

Unas decían:

- ¿Cuándo lo besará?

Otras decían:

- Pero ¿Se casarán?

Las más rojas y sabias decían:

- Pero no comprendéis que ella no le quiere. ¿Todavía no habéis comprendido que ella no le querrá nunca?

Y las más jóvenes y azules decían:

- Pero es tan guapo. Y la quiere tanto.

Y todas miraban al Sol esperando la opinión definitiva. Pero él, con lo grande que parece, nunca dice nada. Es quien nunca dice nada.

Ya ves, princesa, murmuran.

Hablan de nosotros.

Las estrellas.

EL CEREBRO Y LA PATATA

¿En que se diferencia un cerebro de una patata? No es pregunta fácil. Ambos son conjuntos de partículas (electrones, protones, neutrones, etc.) no está clara la diferencia esencial para que sean tan distintos. La gente suele decir que el cerebro lleva asociado algo que llamamos alma y la patata no. ¿Dónde esta la diferencia? por mucho que miro yo no veo diferencia.

Hay personas que creen que el hombre es un recipiente que contiene agua. El recipiente es el cuerpo, el agua es el alma. Cuando el recipiente se rompe el agua se evapora y va al cielo. Otros creen que cuando el recipiente se rompe el agua se desparrama y pasa a otro recipiente. Yo creo que estamos hechos de barro. Somos tierra mojada. También creo que toda la tierra está mojada.

La música la producen los instrumentos y es portadora de emociones y sentimientos. Pero todo objeto físico produce música o ruido. Del mismo modo toda partícula es portadora de algo más allá de lo físico.

Cuando suena una guitarra sentimos la música, el alma del instrumento. ¿Dónde está la gracia ?En el orden, en la partitura. Si la guitarra deja de sonar otro instrumento puede recoger la melodía (reencarnación) pero ya no es el mismo instrumento (muerte). Los coches hacen ruido como las patatas.

Las estrellas, las rocas, los electrones son objetos que hacen ruido como las patatas. Los hombres somos instrumentos musicales, producimos música cuya gracia está en la partitura. Cuando el instrumento se rompe queda el sonido del silencio.

PRINCESA

Habréis visto películas de demonios que surgen de las entrañas de la Tierra. Un superpolicía intenta aniquilarlos. Pero no puede, porque ellos se meten en cuerpos diferentes, y van cambiando de cuerpo. Es imposible destruirlos.

Definición Princesa:

Demonio surgido de las entrañas de la infancia. Prima de la madre. Nacida del recuerdo. Sueño de mujer de un niño. Indestructible e imposible como caballo indomable, de ahí su asquerosa belleza. Ella a lo largo de vuestra vida, irá ocupando cuerpos de mujer. Y no lo olvidéis, nunca te amará. Porque el amor en un demonio significa su muerte. Siembra semillas en otros cuerpos, si las regáis (espermas vientre de mujer) crecerán los árboles (Hijos, diablos, artos y espinas). Y con toda la belleza y crueldad de los árboles regresarán para intentar destruir al padre que les dio la vida.

Porque toda bajada es subida, y todo amor y belleza lleva la semilla de la muerte y de la vida.

SOLO LA LUNA

Tienes corazón de luna.

-¿Tú crees que soy fea?- Me preguntas.

Eres la mujer más hermosa del mundo.

-¿Y por qué solo me miras tú?

Bueno. El arco iris es muy guapo y nunca verás a un perro mirándolo. Solo lo miran los hombres. Pero es muy bello. El hombre es el único animal que mira al arco iris. Por eso, y exactamente por eso, es el rey de la naturaleza.

Además, lo difícil e importante en el amor y el respeto, no es el conseguirlos, sino el merecerlos. Si los mereces y sólo si los mereces, tendrás el amor y el respeto de la única persona que ha de importarte, que seas tú. Con eso y solo si eso, serás feliz.

Hay gente que dice que la humildad es una gran virtud, y el orgullo el peor de los pecados. Pero humildad es odiarse, y eso no es bueno. Hay que ser orgullosos. Nunca debes arrodillarte ante nada, no te levantarás. Es preferible morir de manera valiente que vivir como un cobarde.

Alguien dijo:

- ¡Amáos!

Pero el verbo amar no admite el imperativo. Debería haber dicho:

- ¡Mereced ser amados!

Eso es lo más que podemos hacer, y es nuestro único mandamiento.

Tú lo mereces.

El problema del arco iris es que solo quiere la Luna.

¿Qué otra luz puedes mezclar con las luces del arco iris que no sea la luz de Luna?

No la hay.

Solo la Luna.

LAS ESPINAS DE LA ROSA

- ¿Qué has querido decir con eso? ¿Intentas hacerme daño?

Tontita.

- ¿Porqué me llamas tontita?-Me preguntas.

Te llamo así, porque te sientes un ser despreciable y eres maravillosa.

Te llamo así, porque siempre te veo triste. Y hay tantas razones para estar alegre.

Pero esta vez te he dicho tontita porque has intentado hacerme daño.

...Me ha parecido tan tierno.

Nunca te has preguntado porqué tienen espinas las rosas. Yo creo que es para defenderse. Cuando alguien intenta destruirlas, ellas le clavan sus espinas para hacerle daño. Pero imagínate un tigre que le da un zarpazo a una rosa. Esta le clavará sus espinas. ¿Qué daño puede hacerle? ¿Qué daño pueden hacer las espinas de una rosa? ¿Qué daño pueden hacer las rosas?

Tú, como las rosas, no naciste para hacer daño.

Tú, como las rosas, naciste para envenenar de belleza los corazones que habitan este mundo extraño.

Tus puñales son espinas de rosa, y cuando me los clavas...

- ¡Ay! ¡Qué dolor!

Mira que eres tontita.

- Tonto.

DETENER EL TIEMPO

Detener el tiempo
Instante dormido

Detener el deseo
Tronco podrido

Detener la vida
Río detenido

Y en el tiempo la muerte y el olvido
Mi amor sin tí
Es viento retenido.

CUANDO YO FALTE

¿Qué viento dirá tu nombre?
¿Qué estrella me mirará?
¿Qué flor besará mis labios?
¿Qué polvo te llevará?

Y yo te dije un día:
Me iré y cuando yo falte
Quiero que sientas un escalofrío, una ausencia:
Alguien no está.
Yo no te pido que recuerdes mi nombre,
Solo quiero que al pasear bajo los olivos de Costean,
Surja una brisa triste, como ahora, y pienses:
Alguien que amo ya no está.

¿Qué viento dirá tu nombre?
¿Qué estrella me mirará?
¿Qué flor besará mis labios?
¿Qué polvo te llevará?
Y tú me dijiste un día: Yo no me iré,

Cuando yo falte,
Seré estrella que te mire
Flor de tu jardín rosado
Seré viento que te abrace
Polvo de tí enamorado.

¿Qué viento dirá tu nombre?
¿Qué estrella me mirará?
¿Qué flor besará mis labios?
¿Qué polvo te llevará?

Y el tiempo me dijo un día para curar mis lágrimas:
En cada estrella que mires,
Flor que tus labios besen,
Cada brisa que acaricies
Y polvos que tus pies pisen:
Allí estará.

INDICE

UN PASEO CON MI PRINCESA

LA MAÑANA. Corazón y poesía.

LA TARDE. Razón y metafísica cuántica.

LA NOCHE. Esperanza e ilusión.

Y DESCONCIERTOS

Compre este libro en línea visitando www.trafford.com
o por correo electrónico escribiendo a orders@trafford.com

La gran mayoría de los títulos de Trafford Publishing también
están disponibles en las principales tiendas de libros en línea.

Aviso a Bibliotecarios: La catalogación bibliográfica de este libro se encuentra en la base de datos de la Biblioteca y Archivos del Canadá. Estos datos se pueden obtener a través de la siguiente página web: www.collectionscanada.ca/amicus/index-e.html

Impreso en Victoria, BC, Canadá.

ISBN: 978-1-4251-1257-8 (sc)

En Trafford Publishing creemos en la responsabilidad que todos, tanto individuos como empresas, tenemos al tomar decisiones cabales cuando estas tienen impactos sociales y ecológicos. Usted, en su posición de lector y autor, apoya estas iniciativas de responsabilidad social y ecológica cada vez que compra un libro impreso por Trafford Publishing o cada vez que publica mediante nuestros servicios de publicación. Para conocer más acerca de cómo usted contribuye a estas iniciativas, por favor visite:http://www.trafford.com/publicacionresponsable.html

Nuestra misión es ofrecer eficientemente el mejor y más exhaustivo servicio de publicación de libros en el mundo, facilitando el éxito de cada autor. Para conocer más acerca de cómo publicar su libro a su manera y hacerlo disponible alrededor del mundo, visítenos en la dirección www.trafford.com/4501

www.trafford.com

Para Norteamérica y el mundo entero
llamadas sin cargo: 1 888 232 4444 (USA & Canadá)
teléfono: 250 383 6864 • fax: 250 383 6804 • correo electrónico: info@trafford.com

Para el Reino Unido & Europa
teléfono: +44 (0)1865 487 395 • tarifa local: 0845 230 9601
facsímile: +44 (0)1865 481 507 • correo electronico: info.uk@trafford.com

10 9 8 7 6 5 4